EMMANVEL DVCROS

VNE CICALE AV SALON

1883

L. BASCHET

125, B.^d St Germain.

PARIS

UNE CIGALE

AU SALON DE 1883

PARIS. — IMPRIMERIE NOUVELLE (ASSOCIATION OUVRIÈRE), 11, RUE CADET

G. MASQUIN, DIRECTEUR

EMMANUEL DUCROS

UNE CIGALE

AU

SALON DE 1883

AVEC

NOMBREUX DESSINS EN FAC-SIMILE

D'APRÈS LES PRINCIPALES TOILES EXPOSÉES

Deux Gravures hors texte

COUVERTURE DESSINÉE PAR CHARLES DAUX

FRONTISPICES, FLEURONS, CULS-DE-LAMPE

PAR

MM. Eugène Daudouin, Ferdinandus, Henriot, Ludovic Lion et Paul Maurou

TROISIÈME ANNÉE

(PREMIER MILLE)

Prix : 3 fr. 50

3101

PARIS

LUDOVIC BASCHET, ÉDITEUR

125, BOULEVARD SAINT-GERMAIN

1883

JULES LEFEBVRE

PSYCHE

L'étoile au front, ses mains tenant le sort du monde,
Psyché s'asseoit rêveuse, en attendant Caron.
« Quel est donc ce beau lys éclos sur l'Achéron ? »
Pensent les morts errant dans une nuit profonde.

Aux enfers, on n'avait jamais vu ces blancheurs ;
Ses cheveux laissent voir un peu son cou de cygne ;
Tout son corps, de Vénus même n'est pas indigne ;
On admire, longtemps, ses contours enchanteurs.

Que tient-elle caché dans la boîte d'ivoire ?
Elle n'ose abaisser les yeux sur le coffret,
Qu'elle sait contenir un précieux secret ;
L'Achéron lui fait peur avec son onde noire.

Elle vient de jurer de ne jamais l'ouvrir ;
Elle craint, près du Styx, d'enfreindre sa promesse ;
Mais revenue au jour, le désir qui la presse
Etant trop fort, Psyché voudra tout découvrir.

Lors, le Bien et le Mal s'envoleront ensemble ;
L'un difficile à suivre et l'autre tentateur ;
Des méfaits du second toute la terre tremble ;
Le premier, rarement, se glisse jusqu'au cœur.

L'étoile au front, ses mains tenant le sort du monde,
Psyché s'asscoit rêveuse, en attendant Caron.
« Quel est donc ce beau lys éclos sur l'Achéron ? »
Pensent les morts errant dans une nuit profonde.

CHAMPOLLION

LE MENUET

EAU-FORTE D'APRÈS JACQUET

RONDEL

D'une façon toute coquette,
Tenant sa robe entre ses mains,
Pour la danse, la voilà prête;
Ses yeux font rêver les humains.

Découvrant, un peu, ses pieds fins,
On trouve sa grâce parfaite;
D'une façon toute coquette,
Tenant sa robe entre ses mains.

Elle est le charme de la fête;
Tous ses gestes semblent divins;
Tous ses pas sont aériens.
Longtemps, on l'admire, on la guette,
D'une façon toute coquette,
Tenant sa robe entre ses mains.

JEAN BENNER

BALLADE DE L'ALSACIENNE

Mon père était soldat français ;
Je suis née en terre d'Alsace ;
J'aime la France et ses hauts faits,
Et sa gloire que rien n'efface.
Je sais qu'une victoire passe ;
Que la guerre a de fiers retours ;
J'attends et garde, jamais lasse,
Mon cœur à la France toujours.

Si je vis en des jours mauvais,
Pour le bonheur de notre race,
Que le vainqueur me laisse en paix
Chez autrui qu'il porte sa grâce ;
Me souvenant, fière je passe,
Et, dévoilant tous ses détours,
Je dis, en relevant la face :
Mon cœur à la France toujours.

A LA FRANCE TOUJOURS

Qu'il reste fier de ses succès,
Qu'avec tant de peine il amasse.
Il ne me conquerra jamais;
Mon deuil éternel le tracasse.
Le Français donnera la chasse,
Un jour, aux avides vautours,
Dont la serre, en vain, nous enlace;
Mon cœur à la France toujours.

ENVOI

Dédaignant caresse et menace;
Restant fidèle à mes amours,
Je conserve, quoi que l'on fasse,
Mon cœur à la France toujours.

HECTOR LEROUX

Le TIBRE

A la première heure du soir,
Le Tibre s'écoule en silence ;
Son flot est, encor, clair à voir
Auprès de l'ombre qui s'avance.
Sur la rive, l'âme qui pense,
Désireuse de s'isoler,
Dans un rêve calme s'élance,
Ici, rien ne vient la troubler.

A cette heure mystérieuse,
Tout revêt un aspect nouveau ;
Rome toute silencieuse
Se détache sur le coteau ;
Les arbres sont au bord de l'eau,
Dans une attitude endormie,
Quand la nuit étend son manteau
Plein d'ombre et de mélancolie.

LÉON COMERRE

PORTRAIT DE Mlle *** EN JAPONAISE

TRIOLET

—

Est-on si jolie au Japon ?
Devant vous, on se le demande,
Là-bas, de plaire a-t-on le don ?
Est-on si jolie au Japon ?
A-t-on ce charme et ce bon ton ?
A-t-on cette grâce si grande ?
Est-on si jolie au Japon ?
Devant vous, on se le demande.

RENOUF

LE PILOTE

Ils s'en vont, lentement, à travers la tempête ;
Le navire, là-bas, paraît comme un point noir.
Ils savent, ces vaillants, aventurer leurs têtes ;
Ils avancent, faisant, tranquilles, leur devoir.

Le flot, en furieux, les frappe et les secoue ;
Leur barque est dans les airs et tantôt sous les flots ;
On dirait que la vague, avec eux qui se joue,
Prend à cœur de troubler ces braves matelots.

Ils sont à la merci de la mer, à cette heure.
Le danger ne saurait faire pâlir leurs fronts.
Sur la rive, à genoux, est la femme qui pleure ;
Eux, se font un chemin, à grands coups d'avirons.

Un navire, en détresse, a besoin d'un pilote ;
Il s'agit de sauver un bâtiment entier,
Sur la mer en courroux, corps sans âme qui flotte,
Ignorant le récif posté comme un guêpier !

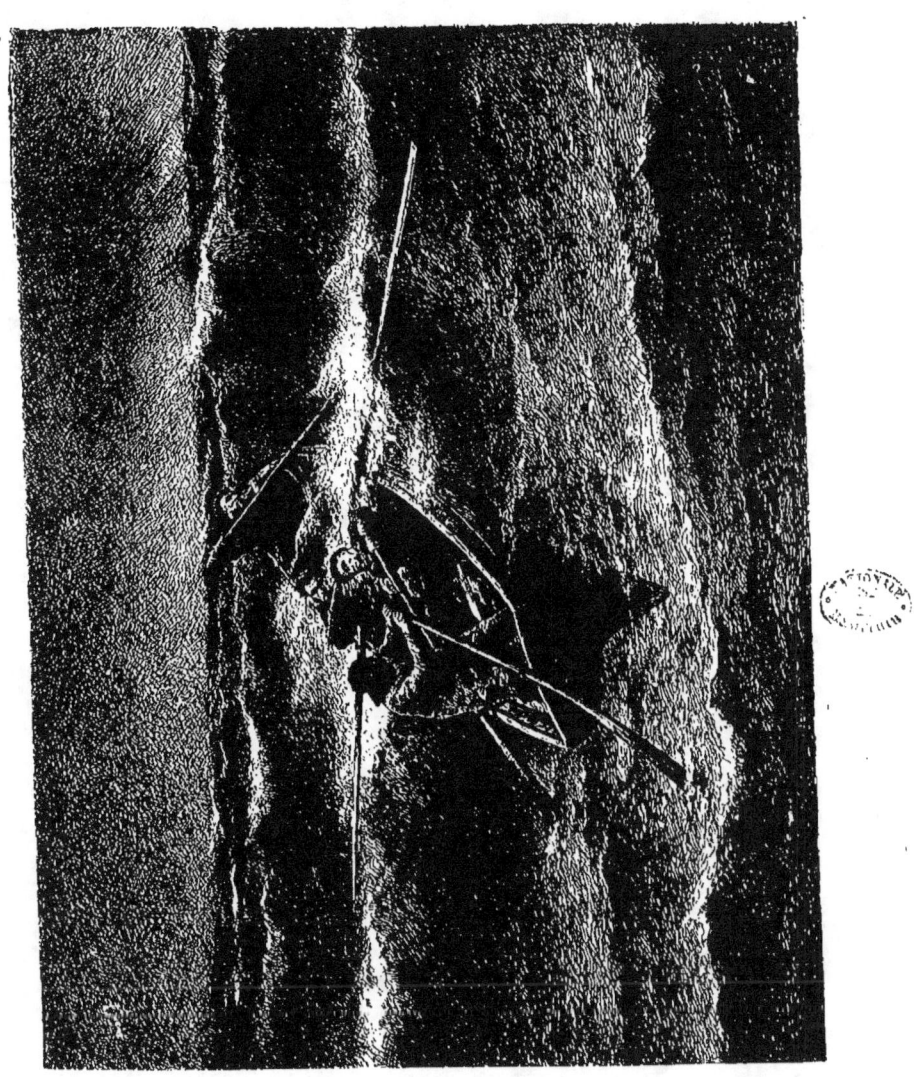

Ils avancent ; la vague avide de naufrage,
Vient, en vain, en hurlant, soulever le bateau ;
Ils veulent accomplir l'œuvre du sauvetage,
Malgré les coups de mer et la rage de l'eau.

Ils avancent ; de loin, le passager qui tremble,
Sent sa vie attachée à leur suprême effort.
Il avancent ; voyant leur courage, il lui semble
Déjà voir s'envoler l'image de la Mort.

JEAN AUBERT

EN VACANCES

--

Jeune fille, à la robe blanche,
Qui se penche,
Sur le coteau, cueillant des fleurs,
Permets au poète de dire,
Qu'il t'admire ;
Va, tu séduiras bien des cœurs.

Loin de tout regard qui t'épie,
O jolie,
Tu montres tes charmes naissants ;
Laissant au loin l'inquiétude
Et l'étude,
Tu n'as pas souci des absents.

Profitant du temps des vacances,
Tu t'avances
Près de la mer, pendant l'été ;
Nul avec toi ne se promène
Dans la plaine,
Chantant un hymne à ta beauté.

Mais avant la fin de l'année,
Étonnée,
Tu verras des gens te chercher
Pour te dire, éternel poëme,
Que l'on t'aime,
Car l'amour ne peut se cacher.

Alors, interrogeant ton âme,
Si la flamme
Embrase tes sens et ton cœur,
Tu n'iras, seule, sur la rive,
Que craintive,
Et le regard plein de langueur.

Plus cette blessure est profonde,
Plus le monde
S'évanouit, et, dans la mer,
Dans les fleurs et dans l'air qui passe,
Dans l'espace,
On ne voit plus que l'être cher.

ROCHEGROSSE

ANDROMAQUE

—

La ville est toute en sang; mille têtes coupées
Gisent sur les chemins, près des palais en feu;
De toutes parts, la flamme arrive par bouffées;
On n'entend retentir que plaintes étouffées,
Lorsque Troie, en mourant, jette un funèbre adieu.

Sur le large escalier des demeures royales,
Où l'on voit des pendus presque à moitié brûlés;
Où le carnage a mis ses traces infernales,
On ne trouve que morts, que mourants dont les râles
Volent en frémissant dans les airs effarés.

Les guerriers morts, voici la dernière victime :
Des combats d'autrefois se souvenant encor,
Les Grecs veulent tuer un enfant, être infime.
Ils craignent que, plus tard, un grand esprit l'anime,
Car dans Astyanax ils voient l'ombre d'Hector.

Ils l'ont pris sans pitié dans les bras de sa mère.
Andromakè s'élance et cherche son enfant.

Elle, si douce, semble une hyène en colère ;
Elle sort du harem dans sa toilette claire
Où sont des swastika, de beaux soleils levant.

« Rendez-moi mon enfant, rendez-le moi ; sa bouche
Ne connait pas la haine ; il ne saurait souffrir.
C'est mon unique amour ; que ma plainte vous touche. »
Les soldats l'ont saisie, elle lutte, farouche,
En vain ; Astyanax en ce jour doit mourir.

Sur le haut du rempart, Odysseüs qui guette,
Attend ; Andromakè ne saurait l'émouvoir.
Il croit qu'il est besoin d'écraser cette tête ;
En regardant son ombre immobile et muette,
C'est la fatalité que l'on croit entrevoir.

La ville est toute en sang ; mille tête coupées
Gisent sur les chemins, près des palais en feu ;
De toutes parts, la flamme arrive par bouffées ;
On n'entend retentir que plaintes étouffées,
Lorsque Troie, en mourant, jette un funèbre adieu.

ERNEST AUBLET

SUR LES GALETS

—

RONDEAU REDOUBLÉ

En juillet, il n'est plus personne dans Paris,
Plus de salons brillants, plus de belles actrices ;
Au loin, elles s'en vont promener leurs souris,
Leurs amours, leurs chiffons, leurs modes, leurs caprices.

Les wagons passent pleins, emportant des lectrices
Que le voyageur suit d'un long regard épris ;
Les moindres casinos, promettant des délices,
En juillet, il n'est plus personne dans Paris.

On n'y remarque alors, amoureux aguerris,
Que des troupiers faisant la cour à des nourrices ;
Puis aussi des Anglais avec des feutres gris.
Plus de salons brillants, plus de belles actrices !

Il fait chaud : il faut fuir, éviter des supplices.

Nos mondaines trouvant que l'ombrage est sans prix,

Et connaissant ailleurs mille coquettes lices,

Au loin, vite s'en vont promener leurs souris.

Sur les plages, luttant de toilettes, de cris,

Il se trouve toujours des voix admiratrices

Pour venir nous conter tous leurs pas incompris,

Leurs amours, leurs chiffons, leurs modes, leurs caprices.

ENVOI

Qui donc pourrait songer aux billets doux flétris ?

Cupidon, en voyage, accourt plein de malices ;

Il se met, en riant, dans mille cœurs surpris ;

Il glisse avec la brise en les âmes novices

En juillet.

SAINT PIERRE

L'AURORE

—

Déesse du matin, Aurore, tu te lèves.
Les nuages légers, qui rougissent encor,
Pour s'être rapprochés de tes beaux cheveux d'or,
Paraissent avoir fait, près de toi, de doux rêves.

Le ciel couvre ton corps, avec son manteau bleu,
Voyant ta nudité chaste et si virginale ;
Il suit d'un œil ravi ta marche triomphale.
Tu laisses sur ta route, un long sillon de feu.

Tu vas, les bras en l'air, t'envolant dans l'espace ;
Semblable à l'Idéal, tu ne fais que briller ;
Mais celui qui te voit ne peut plus t'oublier,
Suivant tout enivré ta lumineuse trace.

BUSSON

AVANT L'ORAGE

On voit, dans le lointain, accourir un orage ;
Dans un dernier rayon, le soleil pâlissant
Eclaire un coin des prés ; on le voit se glissant,
Ainsi qu'un amoureux, à travers le feuillage.

Les arbres, si jolis, avec ce cercle d'or,
Vont être, en un moment, inondés par la pluie.
Déjà, dans l'horizon, la lumière est enfuie.
Les nuages, là-bas, semblent grossir encor.

Charmant et fugitif aspect de la prairie ;
L'orage et le soleil sont présents à la fois,
Et le dernier rayon, dans les prés, dans le bois,
Tout triste de partir, est plein de poésie.

LÉON COMERRE

SILÈNE

—

Ivre, il roule par terre et redemande à boire ;
Il n'est jamais tenté par la nymphe de l'eau ;
Son corps entier, empli de vin, comme un tonneau,
Silène veut encor ton jus, ô vigne noire !
La bacchante, entr'ouvrant ses lèvres, de ses mains,
Se fait aider d'un faune, à face grimaçante,
Et malgré ses efforts, en riant, elle plante
Dans sa bouche, une grappe entière de raisins.

Du raisin, en voilà ; que ta soif dévorante
Soit, d'un coup, étanchée, et qu'il plaise à Bacchus
De rendre savoureux son doux fruit qui te tente !
Mais Silène, étouffé, se roule et n'en veut plus.
Il trouve, en une fois, par trop grosse la grappe,
Dont chacun des grains, pris à part, le ravirait ;
Il s'enfuit, comme il peut. La bacchante l'attrape,
Et leur combat bruyant anime la forêt.

C'est ainsi qu'autrefois, dans les jours de vendange,
Silène allait, montrant son visage aviné ;
Il parlait à la femme, avec un rire étrange ;
On le voyait, souvent, de pampres couronné.
Parfois, roulant par terre et vaincu par l'ivresse,
Les bacchantes, riant, venaient, comme aujourd'hui ;
Et leur plaisanterie, empreinte de rudesse,
N'était jamais mauvaise et trop forte pour lui.

PAUL VAYSON

LA FOIRE DE SAINT-TRINITT

Le mont Ventoux entend de bruyantes clameurs :
Le beuglement des bœufs et la brebis qui bêle ;
Les boucs et les moutons, entassés pêle-mêle,
Sont exposés aux yeux de tous les amateurs.

C'est la foire au village et fête en la contrée ;
Le paysan a mis son plus beau vêtement.
Le tout forme un tableau rempli de mouvement.
On a devant les yeux une foule affairée.

Le vendeur ruse avec un acheteur malin.
Mais, qu'importe leur sort futur aux pauvres bêtes !
Les moutons se pressant craintifs, dressent leurs têtes,
Et le bœuf beugle après le brouillard du matin.

CAZIN

JUDITH ALLANT TUER HOLOPHERNE

Elle s'en va des murs de la ville assiégée
Qui manque d'eau pour boire et qui compte ses jours ;
Devant être bientôt pillée et saccagée.

C'est fini ; nul ne peut venir à son secours ;
Lorsque Judith quittant, enfin, son deuil de veuve
Sort de la ville, ayant mis ses plus gais atours.

Holopherne est vainqueur ; il faut qu'elle l'émeuve.
La myrrhe a parfumé son corps et ses cheveux ;
Il sera fort s'il sort, triomphant, de l'épreuve.

Elle a ses bracelets, son beau costume hébreux
Tout couvert de bijoux ; de mignonnes sandales.
Holopherne devra murmurer des aveux.

Elle sait que pour plaire elle n'a pas d'égales,
Et le Dieu qu'elle adore a doublé sa beauté !
Seule elle aura raison de ces hordes brutales.

Advienne que pourra, le sort en est jeté.
Pour sauver son pays, elle sera cruelle.
L'habitant ignorant le crime projeté

Se dit : où va Judith en se faisant si belle ?

RIXENS

LA GLOIRE

—

Il a lutté pendant toute son existence.
Artiste, il a produit et prodigué son cœur ;
Il n'avait jamais pu trouver sa récompense.

Il avait devant lui tout un monde moqueur ;
Son âme s'épanchait dans un flot d'harmonie ;
Nul ne prenait souci de son rude labeur.

Il est mort. Maintenant il aura du génie.
La Renommée accourt baiser son pâle front,
Ses paupières, toujours grossies par l'insomnie.

Il le louera, celui qui lui faisait affront.
« Pourquoi s'est-il éteint si tôt dans sa carrière ? »
Dira-t-on, quand, partout, ses œuvres charmeront.

En vain il a voulu sa place à la lumière ;
Malgré tous ses efforts, il restait dans la nuit ;
L'appelant, il voyait passer la foule fière.

Elle vient le louer quand son âme s'enfuit !
Sur son corps, chaud encor, la gloire s'est placée ;
Elle embrasse son front : soudain, flambeau qui luit,

Sur la terre l'on sent rayonner sa pensée.

BARRIAS

LES PREMIÈRES FUNÉRAILLES

—

SONNET

Ce n'était pas assez d'avoir, pour leurs péchés,
Perdu le paradis et de vivre sur terre.
Caïn vient de tuer le jeune Abel, son frère;
Ses parents, en pleurant, sur lui se sont penchés.

D'abord, tout étonnés, ils se sont approchés,
Voyant ce corps, en sang, que le soleil éclaire.
Ils appellent leur fils, qui, toujours, doit se taire;
C'est comme s'ils voulaient émouvoir des rochers.

Ils ont longtemps crié; leurs voix se sont éteintes;
Ils sont, là, consternés, ne poussant plus de plaintes;
Adam porte l'enfant défunt entre ses bras.

La faux en mains, horrible, elle s'est élancée
Et, par un crime affreux qui confond la pensée,
La Mort, chez les humains, marque ses premiers pas.

TONY-ROBERT FLEURY

MAZARIN ET SES NIÈCES

RONDEAU REDOUBLÉ

Mazarin, étendu dans un fauteuil, tout pâle,
Écoute la musique, aux sons ensorceleurs ;
Lui faisant un instant oublier la cabale,
Ses nièces, par leur chant, endorment ses douleurs.

Il a contre lui tous les princes querelleurs ;
Le pouvoir est peu sûr et la Fronde est brutale ;
Aussi l'on voit souvent, après ses durs labeurs,
Mazarin étendu dans un fauteuil, tout pâle.

Au fond de son palais, où le luxe s'étale,
Près des tableaux de choix plaisant par leurs couleurs,
Mazarin, conservant la pourpre cardinale,
Ecoute la musique aux sons ensorceleurs.

Trois filles aux yeux clairs, charmant comme les fleurs,
Chantent et leur doux chant comme un parfum s'exhale ;
Mazarin suit des yeux, longuement, les trois sœurs,
Qui lui font un instant oublier la cabale.

Quand le vent de la Fronde a soufflé par rafale,
Que Mazarin, souffrant, se sent pris de pâleurs,
Afin de le remettre en une humeur égale,
Ses nièces, par leur chant, endorment ses douleurs.

ENVOI

O peintre, tu nous rends, de façon magistrale,
Avec tous leurs jolis costumes et leurs mœurs,
Les belles Mancini, dans la superbe salle
Où venait reposer, loin de toutes rumeurs,
        Mazarin.

MONTENARD

CIMETIÈRE AUX BORDS DE LA MÉDITERRANÉE

—

Sur le bord de la mer, sous un charmant ciel bleu ;
Dans les prés, tout en fleurs, où chantent les cigales,
On aperçoit des croix de formes inégales ;
Des morts peuvent-ils donc reposer en ce lieu ?

On n'entend que des chants, venant de la prairie.
Tout est bruit et rumeur, tout est joie et soleil ;
On dirait que la vie, ici, prend son éveil.
L'orphelin seul y sent une âme endolorie.

Celui qui vient vers vous, ô morts, sans vous revoir ;
Qui pleure dans ce champ, tout rempli de lumière,
Ne trouve qu'un aspect lugubre au cimetière.
Cet air de vie augmente encor son désespoir.

4

MAIGNAN

ODELETTE .

—

Primavera, gioventù de l'anno ;
Gioventù, primavera della vita !

On adore, aux jours du printemps,
    Le beau temps,
Le ciel peu chargé de nuages ;
Les oiseaux qui chantent, charmeurs ;
    Et les fleurs ;
Surtout le charme des visages.

Ainsi près des rhododendrons,
    Ces deux fronts
Brillant de candeur et de grâce,
Offrent aux yeux, comme l'air frais,
    Des attraits
A ravir le rêveur qui passe.

HENNER

FEMME QUI LIT

On ne peut que louer, peintre, ton corps de femme.
On ne peut qu'admirer ses longs cheveux dorés;
Son front calme et si pur où l'on sent vibrer l'âme.

Elle a le charme exquis des êtres adorés;
Son corps est ravissant, sa figure est divine ;
« Quelle est-elle? » diront, en cherchant, les lettrés.

J'aime mieux contempler sa gracieuse mine,
Et, devant ta liseuse, aller longtemps rêver,
Que de savoir si c'est Madeleine ou Corinne.

Les liseuses comme elle, où peut-on en trouver?
On n'en voit que bien peu briller dans la nature,
Et le monde, ravi, devra bien avouer

Qu'elles sont tout aussi rares, même en peinture !

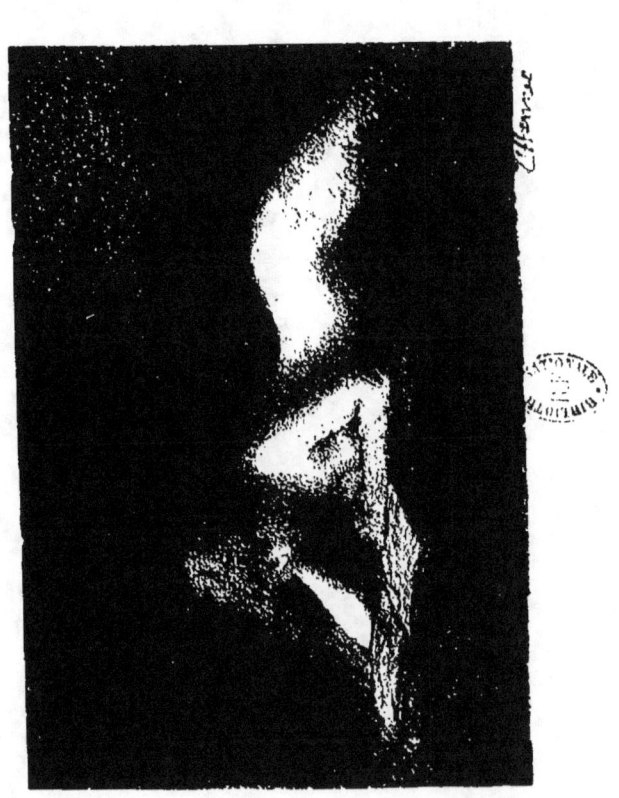

GUSTAVE GARAUD

L'ÉTÉ

—

L'arbre est tout joyeux, c'est l'été ;
Le soleil est dans le feuillage,
Jetant son or et sa gaité ;
Son rayon qui fait du tapage.
Dans le ciel bleu pas un nuage.
Sous une écrasante chaleur,
Que l'on aime, sous le bocage,
Un petit nid plein de fraîcheur.

Ce petit nid sous la verdure
On le trouve aux bords du Gapeau.
Bien protégé par la ramure,
Là, tout séduit et tout est beau.
On écoute le bruit de l'eau,
Et les notes vives et franches
Du concert que donne l'oiseau,
En voltigeant entre les branches.

JENOUDET

—

Elle se dit qu'elle est comme une feuille morte
    Qu'un coup de vent emporte;
Qu'elle ne verra plus venir les floraisons;
Ses yeux font mal à voir; oh! l'instant est critique,
    Pour la pauvre phtisique;
L'automne et ses brouillards déchirent ses poumons.

Sur le mol oreiller, qu'elle est pâle sa tête!
    On sent que la pauvrette
N'a plus que peu de sang dans son débile corps.
C'est la lampe qui n'a plus d'huile; il est à craindre
    De la voir tout à coup s'éteindre :
Grand'mère ira bientôt pleurer aux champs des morts.

Anxieuse, elle est là, près de l'enfant souffrante :
    Elle la sent mourante;
Pour ne pas la troubler, retenant ses sanglots.
« Pourquoi ne pas la prendre, elle, vieille et ridée
    Comme une fleur fanée,
Mort, au lieu de choisir le bourgeon frais éclos? »

PAUL DENONSEI
1889

DE COMBELLES

RETOUR DES CHAMPS

Ils reviennent des champs; leur journée est finie;
Ils marchent lentement, portant leurs grandes faulx,
Deux à deux, en causant toujours de leurs travaux;
Ils suivent une route à travers la prairie.

Ils vont près des blés murs, aux beaux épis dorés,
D'où le coquelicot sort en dressant la tête;
Où l'on pourrait trouver le nid de l'alouette;
Ils rentrent, le soleil ayant rougi les prés.

MAIGNAN

CLOVIS II

—

Les courtisans, en flots pressés, viennent te voir,
O petit roi placé sur un trop large trône ;
Tu fronces le sourcil ; ta jeune âme s'étonne ;
Ne sachant pas encor ses droits et son devoir.

Jeté parmi les Francs, à quoi sert ton pouvoir ?
Comme un mâle guerrier la pourpre t'environne ;
Il te manque les soins et l'amour que l'on donne
Aux enfants qui n'ont pas d'honneurs à recevoir.

Tu devines trop tôt qu'une couronne pèse ;
Tes regards, que l'on sent exprimer le malaise,
Pressentent-ils, ici, de perfides desseins ?

Tu voudrais te lever, quand il faut que tu restes ;
Tous ces adorateurs te paraissent funestes ;
Ils t'envoient des baisers, pourtant, avec les mains.

SUCHETET

BIBLIS

—

Elle a couru longtemps; hélas ! toujours il fuit!
Elle est ivre d'amour, elle adore son frère,
Qui, le sachant, l'évite, et Biblis le poursuit.

Elle est ivre d'amour, rien ne peut la distraire;
Elle court, sous le coup d'un désir furieux ;
Enfin, tout épuisée, elle tombe par terre.

Il n'est plus de repos, pour elle, sous les cieux :
Biblis, comme une masse inerte gît couchée;
Les pleurs, abondamment, s'échappent de ses yeux.

La Terre, en l'entendant, de sa plainte est touchée.
Malheureuse, elle tord ses délicates mains,
Sa larme recommence et n'est jamais séchée.

Biblis, ton sort paraît triste; chez les humains
Nul ne te comprendra; ton frère te repousse.
Ton mal est sans espoir, les remèdes sont vains.

La consolation que tu sens la plus douce
Est de pouvoir pleurer; pleure, pleure, Biblis;
Tes pleurs ont déjà fait un chemin dans la mousse.

Ton père, le Soleil, qui voit tes traits pâlis,
Tout ému de pitié, lorsqu'il poursuit sa course,
Te fait pleurer, enfant aux bras blancs comme un lys,

Jusqu'à ce que ton corps charmant se change en source.

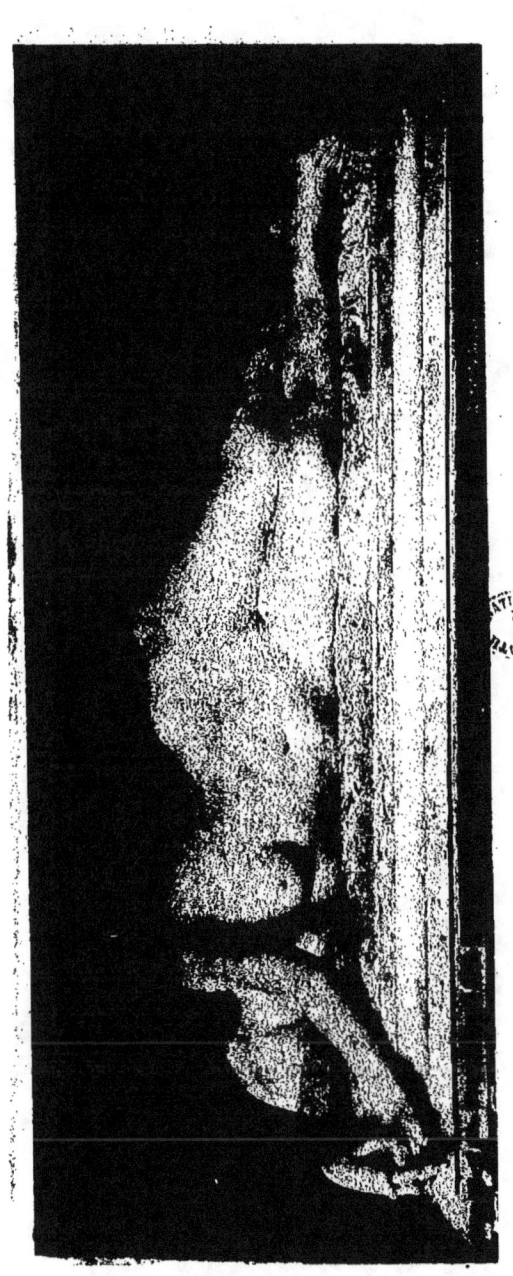

HUGUES

L'IMMORTALITÉ

Ces hommes sont les poètes.
                    VICTOR HUGO.

Elle inscrit les noms des poètes
Lyriques, aux mâles accents,
Dont le sang échauffa les têtes ;
Dont les vers sont à tous présents ;
Qui nous ont chanté le courage
Des marins, dans les temps d'orage ;
La mêlée aux cris furieux ;
La ville en cendres qui succombe ;
Le sort de l'homme après la tombe ;
La Terre, l'Enfer et les Cieux !

JEAN AUBERT

LES OISEAUX DE PASSAGE

BALLADE

Ils sont jolis et pleins de grâce ;
Ils ont les yeux pleins de douceur ;
Ils sont trop beaux pour qu'on les chasse ;
Au lieu de leur tenir rigueur,
On leur désire du bonheur.
Leur sourire vraiment engage ;
Mais, jeunes filles, par malheur,
Ce sont des oiseaux de passage.

Ils sont d'une légère race ;
Leur père est un don Juan moqueur,
De l'amour jouant la grimace,
Jusqu'à ce qu'il sorte vainqueur ;
Leur maintien est ensorceleur ;
Comment séduire davantage ?
Mais, ils durent comme une fleur,
Ce sont des oiseaux de passage.

On les rencontre ; l'âme lasse,
On croit trouver une âme sœur ;
Ils ont une gentille face,
L'air timide et plein de langueur ;
On les attire, quelle erreur ?
On ne réchauffe qu'un volage,
Le tremblant devient ravisseur ;
Ce sont des oiseaux de passage.

ENVOI

Fillettes, vous n'avez pas peur,
Chacune en veut un pour otage ;
Prenez bien garde à votre cœur :
Ce sont des oiseaux de passage.

LESREL

LES FUNÉRAILLES DE GAMBETTA

—

LES ORPHELINES

Il est mort, couvrez-vous de longs habits de deuil !
Orphelines, venez derrière son cercueil,
Car il avait pour vous la tendresse d'un père.
Vous l'aimiez toutes deux et son ardente voix
Vous a fait, tout là-bas, bondir plus d'une fois
    En vous criant : « Espère ! »

L'étranger croyait bien, ayant pris nos guerriers,
Avec tous ses canons et tous ses cavaliers,
N'avoir qu'à chevaucher sur la terre de France ;
Mais il parut debout et tout prêt au combat,
Et de chaque Français il a fait un soldat
    Au cri de résistance.

Le sol n'est plus livré que lambeaux par lambeaux,
Le succès, par moment, revient sous nos drapeaux ;
La France, succombant, prend un regain de gloire ;
Qu'aurait-il fait pour vous, ce noble et fier lutteur,
Qui parvint à troubler, un instant, le vainqueur,
    Même dans sa victoire ?

Il n'oublia jamais, non pas même un seul jour,
Que vous viviez là-bas dans l'espoir du retour ;
Sans cesse, il travaillait à briser votre chaîne ;
Et politique habile autant qu'esprit hardi,
Il n'agissait jamais ainsi qu'un étourdi ;
    L'ennemi redoutait sa haine.

Il était craint, au loin, comme il était aimé.
La mort l'ayant saisi, jeune et si renommé,
Vous venez, apportant chacune une couronne.
Le grand mort a laissé son âme dans nos cœurs ;
Comptez sur les Français, toujours, ô chères sœurs
    Que, loin de nous, on emprisonne.

CHARLES DAUX

LA FEMME AU PAPILLON

—

Tu le sais, tu charmes les yeux,
Lorsque tu découvres, mutine,
Ton joli corps harmonieux
Dans toute sa grâce divine.
Ta taille est si souple et si fine,
Qu'on voudrait pouvoir l'enlacer.
Que n'est-on, quand on t'examine,
Un papillon pour t'embrasser !

Dans le fond de ton boudoir rose,
Ayant quitté tous tes chiffons,
Ton corps à nos regards s'expose,
Séduisant avec mille dons.
On voit, dans tes yeux vagabonds,
Errer une langueur lascive;
Aussi, charmés, nous demandons
Que, quiconque t'aime, te suive.

Mais tu ne veux qu'un papillon,
Un papillon aux blanches ailes,
Attiré par le doux rayon
Qui s'échappe de tes prunelles.
Ivre de flammes éternelles,
Tu le vois, heureux, s'approcher ;
Il accourt, lorsque tu l'appelles,
Aux ivresses de ton baiser.

LOUIS DESCHAMPS

FILLE-MÈRE

(RONDEL)

—

Elle pleure, la fille-mère ;
Son crime c'est d'avoir aimé
Quelqu'un qui cherchait à lui plaire,
Au temps des fleurs, au mois de mai.

Le bonheur ne fut qu'éphémère :
L'amant est loin ; l'enfant est né.
Elle pleure, la fille-mère,
Son crime c'est d'avoir aimé !

Elle a laissé son cœur charmé
Ecouter une voix trop chère.
Près de l'enfant, pensant au père,
Au monde contre elle animé :
Elle pleure, la fille-mère.
Son crime, c'est d'avoir aimé !

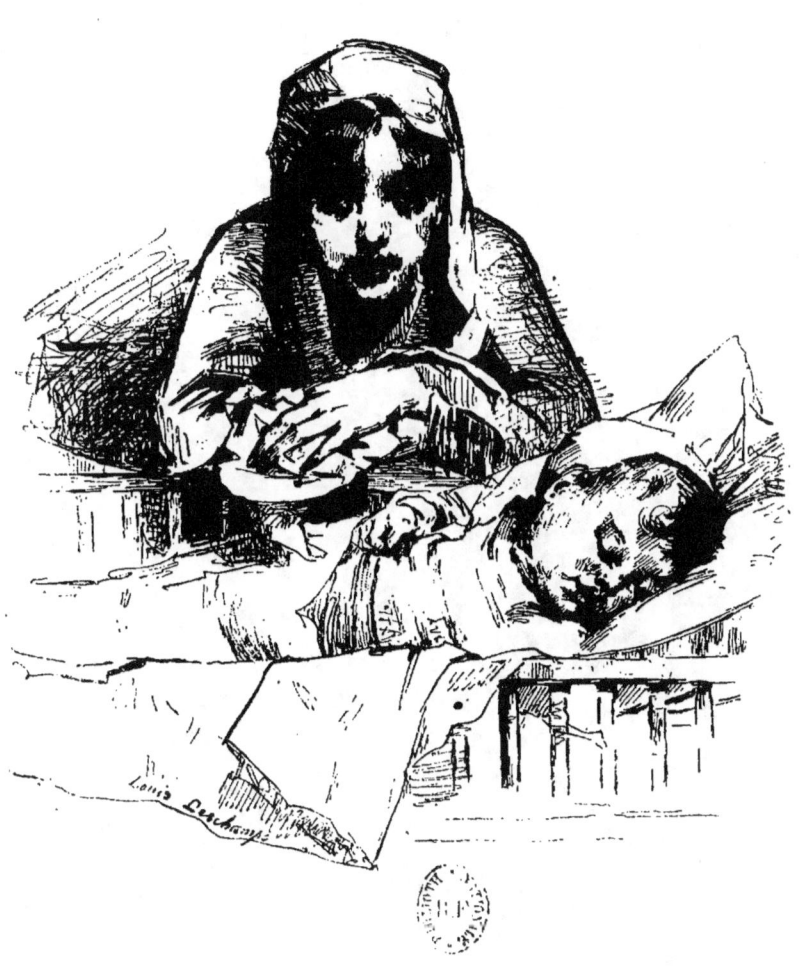

EUGÈNE BAUDOUIN

LE CHANTIER

—

Sous les arbres, où l'oiseau chante,
Ils ont établi leur chantier;
Leur scie a la voix déchirante
Sous les arbres, où l'oiseau chante!
L'âme du bois que l'on tourmente,
En gémissant vient à crier;
Il s'est enfui l'oiseau qui chante
Sur les arbres, loin du chantier.

MOROT

LE CHRIST

—

Il est crucifié pour avoir dit au monde
Que « les hommes, étant égaux, doivent s'aimer. »
On a meurtri son corps, au lieu de l'acclamer !
Ses regards sont empreints de tristesse profonde.

LIOT

LES ROCHERS DE DONVILLE

—

Voici la grande mer, dans son calme magique.
La mer, qui vient lécher les rocs noirs et moussus ;
Le flot qu'on voit, charmeur, souvent passe dessus
Ces rochers, dont l'aspect semble mélancolique.

Ils pensent, recevant aujourd'hui ses baisers,
Que l'âme de la mer par trop souvent varie,
Et que les flots, bientôt de leur douceur lassés,
Viendront fondre sur eux encor, avec furie.

La mer, la vaste mer, ô femme, est ton portrait.
Le rocher est l'amant, à l'apparence triste ;
Parfois, voyant ému tes marques d'intérêt ;
Parfois, se demandant si ton amour existe.

CHAMPOLLION

PORTRAIT D'ENFANT

—

EAU-FORTE D'APRÈS BAUDRY

La figure, franche et joyeuse,
De l'enfant aimant à jouer,
Se détache bien-lumineuse.
La figure franche et joyeuse,
Pleine de vie, audacieuse.
On ne peut trouver qu'à louer
La figure, franche et joyeuse,
De l'enfant aimant à jouer.

PAUL MAUROU

LE 14 JUILLET

LITHOGRAPHIE D'APRÈS ROLL

On entend, sur tous les chemins,
La voix perçante des gamins,
Qui vendent, au nez de la garde,
La nationale cocarde.

F. LAYRAUD

PORTRAIT DE M. GRANGENEUVE

TRIOLETS

—

A mon ami Grangeneuve.

Grangeneuve je te revois.
Layraud te présente à merveille :
Comme toujours, fier et narquois,
Grangeneuve, je te revois,
Ayant la taille d'un Gaulois.
Ta pensée alerte s'éveille ;
Grangeneuve, je te revois.
Layraud te présente à merveille.

Alliant Mars et Cupidon ;
Tour à tour, parlant leur langage,
On admire en toi plus d'un don.
Alliant Mars et Cupidon.
Parlant d'amour plein d'abandon ;
Jetant un cri rauque et sauvage ;
Alliant Mars et Cupidon,
Tour à tour, parlant leur langage.

Tu sais t'adresser à Nini ;
Mais Amhra, soudain, te réveille.
Avec un talent infini,
Tu sais t'adresser à Nini ;
L'attirer sur l'herbe à midi
En lui causant bas à l'oreille.
Tu sais t'adresser à Nini,
Mais Amhra, soudain te réveille.

Avec nos aïeux, dans les bois,
Aux durs Aurochs, donnant la chasse,
Tu te crois aux jours d'autrefois,
Avec nos aïeux dans les bois.
On t'entend, élevant la voix,
Crier « sus » au Romain qui passe,
Avec nos aïeux dans les bois,
Aux durs Aurochs donnant la chasse.

EMMANUEL BENNER

LES TROIS GRACES

—

Respirant l'air frais du matin,
Sur l'herbe fraîche en la prairie,
Trois femmes nous charment soudain.
Mais laquelle est la plus jolie ?
Leur teint, à merveille, s'allie
A la couleur de leurs cheveux ;
Leur chevelure se déplie,
Sur elles, en bonds tortueux.

Les trois couleurs de la nature,
Le châtain, le noir et le blond
Montrent ici leur teinte pure.
L'Amour, ce jeune polisson,
Qui, de plaire, a toujours le don,
Aujourd'hui se gratte l'oreille;
Elles charment à l'unisson
Et chacune est une merveille.

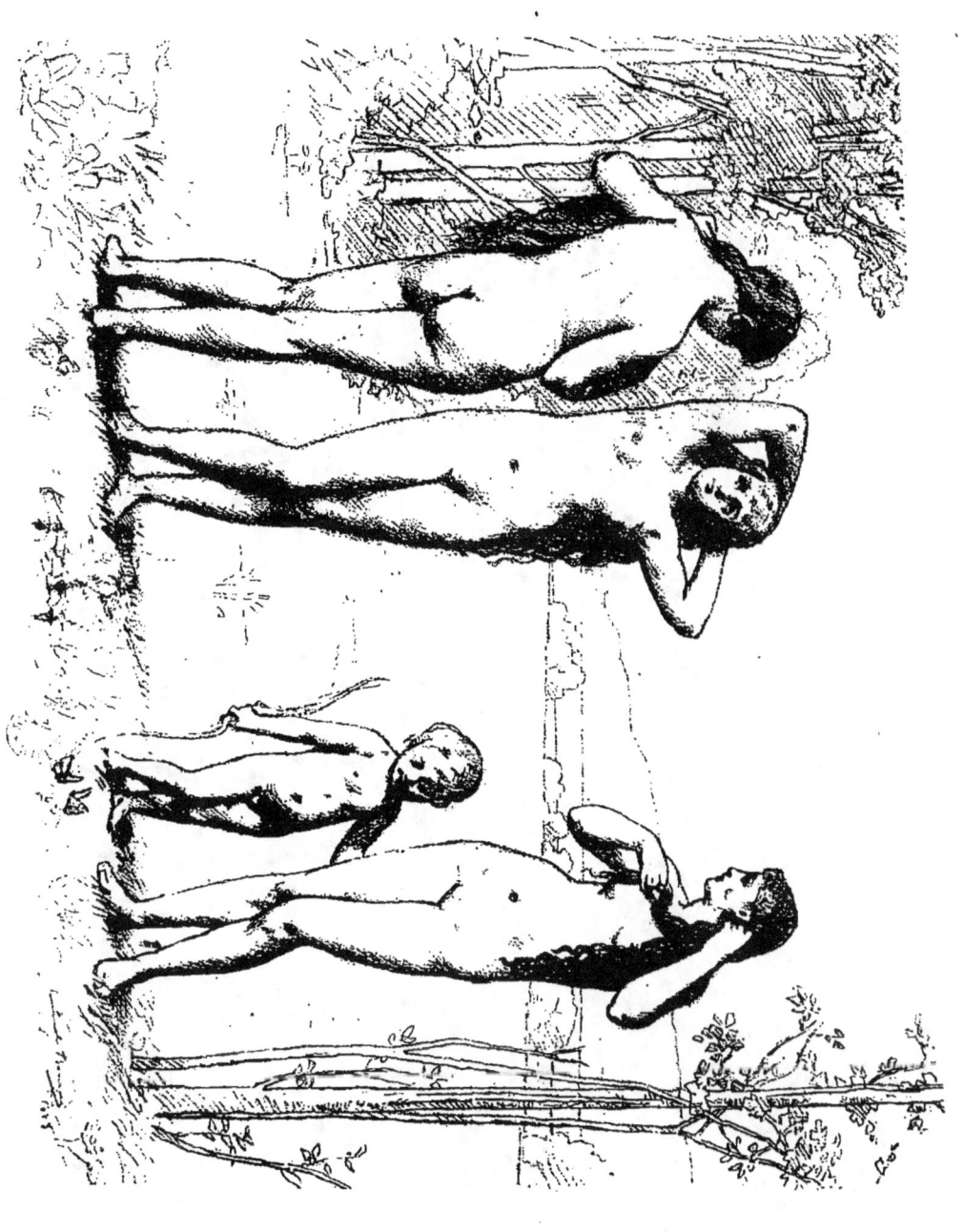

On les appelle les trois Grâces.
En n'en voyant, sur le chemin,
Qu'une seule, on suivrait ses traces,
Admirant son aspect divin.
Mais, ensemble, le choix est vain :
L'Amour hésite, comme un homme.
Pâris lui-même, dans sa main,
Indécis, garderait la pomme.

Respirant l'air frais du matin,
Sur l'herbe fraîche, en la prairie,
Trois femmes nous charment soudain.
Mais laquelle est la plus jolie?

D. MAILLARD

ÉTIENNE MARCEL

—

Le peuple accourt en foule et salue avec joie,
Marcel, le fier tribun, qui, lorsque tout s'abat,
Noblesse et royauté, se dit prêt au combat.
La France des Anglais ne sera pas la proie

Tant que vivra Marcel, ivre de liberté.
Un greffier, près de lui, vient lire une ordonnance,
Que le roi dut signer; le cortège s'avance,
Proclamant au grand jour le mot d'égalité.

Là, bourgeois, écoliers et manants, pêle-mêle,
Accourent pour mieux voir leur défenseur aimé,
Et sur tout le chemin son nom est acclamé.
Marcel, la royauté doit bien veiller sur elle.

Tu répands dans les cœurs un éclatant flambeau
Que les siècles, en vain, essayeront d'éteindre;
La vérité du temps n'a jamais rien à craindre;
Car elle sait sortir plus vive du tombeau.

Rejetant de côté noblesse abâtardie,
Tu comptes sur le peuple, et c'est avec raison.
Après Poitiers, après Crécy, qu'est le blason?
Tu veux un sang nouveau, plus jeune et plein de vie.

Plus tard, comme un martyr, tu tomberas frappé;
Mais t'ayant vu, toujours, pour son bien occupé,
Paris n'oubliera pas ton ardente parole.
Comme aujourd'hui, couvrant ton front d'une auréole,
Il voudra, libre et fort, à jamais te bénir,
O bourgeois, ô rêveur du progrès à venir.

FIRMIN GIRARD

DANS LES CHAMPS

—

Le baptême achevé, l'on s'en va dans les champs
Inondés de soleil; la nourrice est en tête,
Portant l'enfant béni, dans des langes bien blancs.

Sur le parcours joyeux, de temps en temps, on jette
De gros sous comme proie aux gamins assemblés
Qui luttent, pour avoir chacun part à la fête.

Ils marchent lentement; ils s'en vont près des blés;
Le parrain, soldat, parle à la belle marraine,
Qui semble l'écouter, les regards tout troublés.

Sans doute il doit vanter sa grâce souveraine
Et le charme étonnant de ses jolis yeux bleus,
Qui, flambeau lumineux, attire et vous entraîne.

Un troupeau de dindons voit les couples joyeux;
Pendant que leur gardeuse accepte des dragées,
Eux relèvent la tête et roulent de gros yeux.

Toutes ces gens allant sur deux longues rangées,
Charment les yeux; portant, par ce jour de beau temps,
Des costumes brillants aux couleurs nuancées,

Qui semblent ajouter une parure aux champs.

FIRMIN-GIRARD

TURCAN

L'AVEUGLE ET LE PARALYTIQUE

TRIOLET

L'aveugle et le paralytique
Font route à travers les chemins ;
C'est un vrai groupe sympathique,
L'aveugle et le paralytique.
Les deux ne font qu'un, en pratique.
L'un a les yeux, l'autre les reins ;
L'aveugle et le paralytique,
Font route à travers les chemins.

HENNER

LA RELIGIEUSE

—

Lorsqu'on est parvenu sur les hautes montagnes
Où de hardis chasseurs, seuls, avec peine vont,
On rencontre la rose, ainsi qu'en nos campagnes,
Au milieu des glaciers, des abîmes sans fond

Rouge comme le sang, elle est pleine de vie,
Loin du monde moqueur, vivant en liberté;
Aux rayons du soleil elle s'ouvre ravie
Et meurt, presque toujours, dans sa virginité.

Jeune nonne ressemble à cette fleur sauvage,
Cherchant le paradis de ses beaux yeux d'azur,
Elle aspire, jolie, à l'éternel veuvage
Et cèle les trésors de son corps jeune et pur.

Henner

PRINTEMPS

LE REPRÉSENTANT BAUDIN

TUÉ SUR LA BARRICADE, LE 3 DÉCEMBRE 1851

—

Tu t'avances, n'ayant pour arme que la loi.
Tu veux parler, Baudin, et l'on tire sur toi !
Tu tombes, en martyr, la tête ensanglantée.
Le tyran est joyeux ; le crime est accompli ;
Mais, les vengeurs, un jour, ô mort enseveli,
Au fond de ton cercueil trouveront une épée.

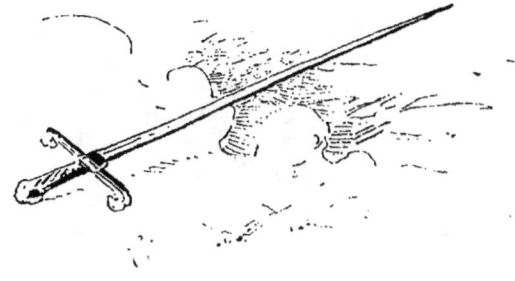

GALLIAN

LA PÊCHE A LA « SEINE » EN PROVENCE

Les poissons, hors de l'eau, sautillent sur la grève,
Aux pieds même de ceux qui vont, sans nulle trève,
Lutter pour les tirer des gouffres de la mer ;
Sars, langoustes, rougets, gobis, font un mélange
      Aussi pittoresque qu'étrange,
Sous le miroitement d'un soleil chaud et clair.

JOSÉ FRAPPA

LA CHANSON DU VICAIRE

—

Après dîner, au presbytère,
On est joyeux et sans façon.
On ne pourrait guère se taire
Après dîner, au presbytère ;
La guitare en mains, un vicaire
Souriant, dit une chanson.
Après dîner, au presbytère,
On est joyeux et sans façon.

Devant les moines, gais convives,
Quelle chanson peut-il chanter ?
Foin des chansonnettes trop vives,
Devant les moines... gais convives.

Sont-ce des complaintes naïves ?
Un rire franc vient d'éclater !
Devant les moines, gais convives,
Quelle chanson peut-il chanter ?

« Je me souviens qu'en ma jeunesse,
Mes frères, j'ai fait un péché ;
Un gros péché, je le confesse.
Que voulez-vous... dans la jeunesse !
Je dérobais une caresse ;
Vous m'en voyez encor fâché ;
Je me souviens qu'en ma jeunesse,
Mes frères, j'ai fait un péché.|

« Au fond des bois, dans la feuillée,
J'oublie un instant le bon Dieu ;
Une fillette était couchée,
Au fond des bois dans la feuillée ;
Ma vue en est émerveillée ;
Et, seul avec elle en ce lieu,
Au fond des bois dans la feuillée,
J'oublie un instant le bon Dieu.

« J'embrasse, et j'ai pour récompense
Un soufflet de sa blanche main.
Un moment, hardi, je m'avance,
J'embrasse, et j'ai pour récompense
Une fillette qui s'élance
En criant : « Voilà, *gros vilain !* »

J'embrasse et j'ai pour récompense
Un soufflet de sa blanche main.

« Depuis, ô mes amis, mes frères,
J'ai toujours aimé le Seigneur.
Je suis à l'abri des colères,
Depuis, ô mes amis, mes frères.
Rejetant les biens éphémères,
Ne pensant qu'au divin bonheur,
Depuis, ô mes amis, mes frères,
J'ai toujours aimé le Seigneur. »

HECTOR LEROUX

SACRARIUM

—

Loin de tous les regards, dans le clair sanctuaire
Où nul mortel, jamais, ne saurait pénétrer,
Quel ensemble inouï d'attraits à célébrer !
Quel spectacle attachant un gai soleil éclaire !

La vestale, à l'abri d'indiscrets curieux,
Met à nu ses bras blancs, entr'ouvre sa tunique,
Et, chaste, poursuivant sa toilette pudique,
Elle demeure encor un charme pour les yeux.

Que de païens pensaient, en voyant les vestales,
Aux appâts merveilleux devinés dans leurs corps !
Et, longtemps, ont rêvé des splendides trésors
Perdus à tout jamais de ces vierges si pâles.

Combien auraient bravé tous les dieux infernaux
Pour venir, un matin, jusqu'à la sacristie,
Et les voir se laver, pleines de modestie,
Ne fût-ce qu'un moment, à travers les carreaux.

SACRARIUM.

CAMILLE PARIS

L'HERBAGE

Saules et peupliers qui bordent la prairie
Nous apparaissent clairs et presque lumineux.
Un orage prochain vient d'assombrir les cieux,
Et la terre sourit, en attendant la pluie.

Le soleil s'enfuyant, un rayon est resté.
Tout est tranquille aux champs; nul bruit sous le feuillage;
De gros bœufs, fatigués d'avoir longtemps brouté,
Errent, en ruminant, sur un gras pâturage.

Un bœuf superbe et fort, honneur du Charolais,
Qui, sur l'herbage vert, fait une tache blanche,
Indolent, tend la tête et lentement se penche
Pour s'abreuver de l'eau qui coule au ruisseau frais.

LAYRAUD

LE MARTYRE DE SAINT-SÉBASTIEN

—

Il était jeune et fort, il était plein de vie ;
Ce jeune homme, sans doute, eût eu des cheveux blancs ;
Regardez, aujourd'hui ses membres sont tremblants ;
Sous le coup qui l'atteint, son corps entier se plie.

Sois tranquille, martyr, au milieu de tes maux ;
On peut tuer un homme, oh! non pas sa pensée ;
Du corps, encor saignant, elle sort la blessée,
Et vient, un jour ou l'autre, effrayer les bourreaux.

A. GRIVOLAS

LE BALCON DE CYDALISE

—

Le balcon cher à Cydalise,
Nous apparaît couvert de fleurs;
Là, sont dans leur fraîcheur exquise
Des roses aux vives couleurs;
Tubéreuses, dont les senteurs
Pour les têtes sont enivrantes;
Et volubilis voltigeurs,
Près des capucines grimpantes.

De très loin, il charme les yeux;
Le papillon vient, y folâtre;
Il forme un tout harmonieux
Ce balcon que l'on idolâtre;
Il est paré comme un théâtre;
Le regard en est vite épris;
Cydalise, ici vient s'ébattre;
Les fleurs conservent son souris.

BEAUMETZ

LES LIBÉRATEURS

———

Le village est repris, d'un seul bond, par l'armée ;
De ces jeunes vainqueurs pas un seul ne trembla.
Leur cohorte invincible est à peine formée
Que la victoire étend, déjà, sa renommée ;
Battez tambours, sonnez trompettes, les voilà.

On admire, étonné, leur extrême jeunesse ;
L'enthousiasme ardent qui se lit sur leurs fronts.
Ils se sont avancés avec tant d'allégresse,
Que le succès, pour eux, est plus qu'une promesse ;
On les sent disposés à venger leurs affronts.

Venez, libérateurs, sur la terre de France ;
Venez, les yeux ardents, sans souci du danger ;
Accourez et jetez le cri de délivrance ;
Au fond des cœurs troublés, ramenez l'espérance ;
Il faut, du sol natal, repousser l'étranger.

On vient les attaquer, ces avides de gloire ;
Mais, l'attaque ne fait que ranimer leurs cœurs ;
Comme après avoir bu, le vrai buveur veut boire :
Les ayant repoussés bien loin du territoire,
On les verra partout triomphants et vainqueurs.

Ils feront, maintenant, la conquête du monde :
Ils se sont élancés, la flamme dans les yeux :
Élevant dans leurs mains la semence féconde.
Dans l'Europe étonnée, ils iront, à la ronde,
Te porter, Liberté, chez les rois furieux.

SAUTAI

LE SEUIL DE L'ÉGLISE

—

Son pas seul vient troubler le silence profond ;
Elle entre dans l'église et prend de l'eau bénite.
Ce lieu silencieux à la prière invite.
Ici, le mur est nu du bas jusqu'au plafond.

A quoi sert pour prier la belle cathédrale,
Avec mille trésors qui délassent les yeux ?
L'esprit se sent saisi d'un sentiment pieux,
Sous de simples murs blancs, auprès d'un Christ qui râle.

FRÉDÉRICK BONNAUD

PORTRAIT DE Mlle F.

TRIOLET

Avec ses longs cheveux dorés,
Cette enfant gentille et mignonne,
Charme, comme une fleur des prés,
Avec ses longs cheveux dorés.
Elle a de grands yeux adorés;
Toute petite, elle rayonne,
Avec ses longs cheveux dorés,
Cette enfant gentille et mignonne.

PAUL SAIN

AUX ENVIRONS DE SAINT-CHAMANT

—

ODELETTE

L'amour, au pays du soleil,
Prend l'éveil ;
Un seul rayon le fait éclore ;
Aussi trouve-t-on dans les prés
Diaprés
De beaux sites où l'on s'adore.

On rencontre, au fond des vallons,
Près des monts,
Un petit sentier qui ravine,
D'où sortent, en de vagues sons,
Des chansons
Dont le doux refrain se devine.

C'est le chemin des amoureux,
Des heureux,
Qui ne voient qu'eux deux dans la vie ;

Ayant une telle chaleur
　　　　Dans le cœur
Que leur soif est inassouvie.

Un de ces sentiers gracieux
　　　　Pour les yeux
S'offre à nous; une jeune fille,
Qui de doux moments se souvient,
　　　　Vite y vient :
Son sein palpite et son œil brille.

ANTONIN MERCIÉ

VÉNUS

—

Rêve, rêve, Vénus ; Vulcain est ton époux.
Te séparer de lui, même en rêve, t'est doux ;
Il est hideux, il est boiteux, toi, si jolie,
Que le regard charmé te contemple et s'oublie,
Et voudrait t'admirer, encor, encor, toujours ;
La femme d'un pied-bot, toi, reine des Amours !
Rêve, rêve, Vénus ; vois Mars qui s'agenouille ;
Sa lance, inoccupée, à ses côtés se rouille ;
Le vainqueur est vaincu, regarde : il est épris ;
Il n'a qu'un seul désir : vivre sous ton souris.

Rêve, rêve, Vénus, à ta lutte immortelle,
Il s'agit de savoir laquelle est la plus belle,
Et le juge choisi, c'est un jeune berger ;
Ton corps, débarrassé de tout voile léger,
Est si beau que, laissant de côté tes rivales,
Qui meurent de dépit et te regardent, pâles,
Le beau Pâris ne peut apercevoir que toi.
Tu le vois se lever, te tendre, plein d'émoi,

Dans une de ses mains, la pomme convoitée,
Que tu reçois, étant de son bon goût flattée.

A quoi servent ses dons et son titre de reine?
Lorsque, vers Adonis, son cœur aimant l'entraîne.
Il ne séduit donc plus son admirable corps?
Sûre de le charmer, avec tous ses trésors,
Sur sa route elle était, gracieuse, accourue;
Adonis, méprisant, a détourné la vue.
Elle est triste, Vénus, elle sent, à son tour,
Quoique belle à ravir, l'angoisse de l'amour.
Rêve, rêve, Vénus; sois douce; que ta grâce
Te ramène son cœur; ne sois pas déjà lasse:
Dis-toi que ton sourire est un divin pouvoir,
Et que le dédaigneux, bientôt voudra te voir.
Séduit par ta bonté, qui le charme et l'attire,
Il accourt tout tremblant, il t'adore, il soupire.
Rêve, rêve, Vénus; Vulcain est ton époux;
Te séparer de lui, même en rêve, t'est doux.

BOUTET

PARISIENNE

TRIOLET

Tantôt ange, tantôt démon,
Elle plaît, la Parisienne ;
Changeant, sans rime ni raison,
Tantôt ange, tantôt démon.
Habile à donner le frisson,
Pleine de grâces, la païenne.
Tantôt ange, tantôt démon,
Elle plaît, la Parisienne.

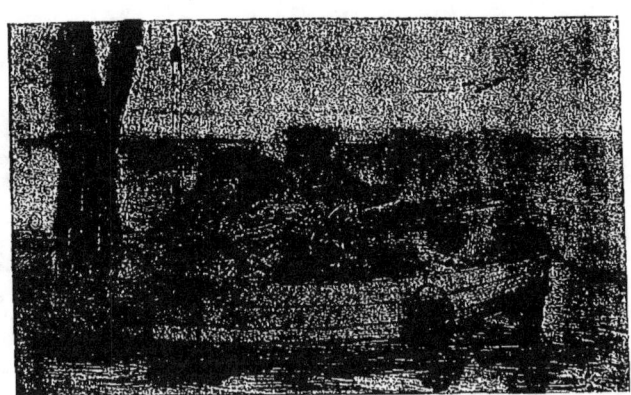

ALFRED GUILLOU

LA LEÇON DE PÊCHE

Dans la barque, une femme, en belle robe claire,
Est assise, penchée auprès d'un matelot,
Qui, vieux pêcheur, lui montre, afin de lui complaire,
Un tout petit poisson, qui regrette le flot.

C'est en vain qu'il s'agite en cette main revêche ;
Il ne sert maintenant, pauvre petit rouget,
Que de charmant motif à la leçon de pêche,
Auquel la belle prend un très vif intérêt.

BASTIEN LEPAGE

L'AMOUR AU VILLAGE

—

Il sont, tous deux, dans le jardin ;
Une barre en bois les sépare.
Unis par un hasard malin,
Ils sont, tous deux, dans le jardin.
La fillette, un œillet en main,
Et le jeune homme, qui s'effare ;
Ils sont, tous deux, dans le jardin,
Une barre en bois les sépare.

Le printemps fait pousser les fleurs,
Et l'amour s'est mis dans leurs âmes ;
Ses racines sont dans leurs cœurs ;
Le printemps fait pousser les fleurs.
Tous deux, ils ont les yeux rêveurs ;
Ils sont brûlés des mêmes flammes ;
Le printemps fait pousser les fleurs,
Et l'amour s'est mis dans leurs âmes.

La fillette a le dos tourné,
Mais on sent sa tête qui guette
Le jeune amoureux entraîné.
La fillette a le dos tourné.
Pour parler, il s'est avancé ;
Sa bouche demeure muette.
La fillette a le dos tourné
Mais on sent sa tête qui guette.

Elle voudrait l'ouïr parler ;
Il ne parle pas, elle écoute ;
Il a donc peur de la troubler ?
Elle voudrait l'ouïr parler.
Si l'aveu pouvait s'envoler !
Il reste trop longtemps en route.
Elle voudrait l'ouïr parler,
Il ne parle pas, elle écoute.

Elle devine ce qu'il sent ;
Ce que, tout bas, son cœur murmure ;
En voyant son trouble présent,
Elle devine ce qu'il sent ;
Pourrait-il, dire en un accent,
Ce que raconte sa figure ?
Elle devine ce qu'il sent ;
Ce que, tout bas, son cœur murmure.

Ce moment si délicieux,
Plein de charme pour la fillette,
Pour le garçon est périlleux,
Ce moment si délicieux.

Il n'ose relever les yeux;
Penaud, il maudit, il regrette
Ce moment si délicieux,
Plein de charme pour la fillette.

L'aime-t-elle ? Il ne le voit pas !
Elle sait bien qu'elle est aimée.
Il se trouve en grand embarras.
L'aime-t-elle ? il ne le voit pas !
Il hésite à dire tout bas
Ce que sent son âme enflammée.
L'aime-t-elle ? Il ne le voit pas !
Elle sait bien qu'elle est aimée.

GIRON

SŒURS

—

Sur le grand boulevard, devant la Madeleine,
A peine à quelques pas du gai marché de fleurs,
Le hasard, tout à coup, met en face deux sœurs,
Et l'on voit se passer une émouvante scène.

Elles sont sœurs ; le grand Paris les sépara ;
De l'une, il a produit une fille vendue
Qui passe, le front haut, car toute honte est bue ;
L'autre vit travailleuse et jamais ne tomba.

Avec son cher mari, ses enfants, cette femme
Attend sur le trottoir et cherche à traverser,
Quand, soudain, elle voit vers elle s'avancer
Dans un beau huit-ressorts, sa sœur, sa sœur infâme.

En toilette bruyante, avec l'air triomphant,
Toute fière d'avoir des cochers en livrée,
Elle vient au grand jour, afin d'être admirée ;
Elle a mis à ses pieds, un gentil griffon blanc.

En regardant ce luxe insolent qui s'étale
Et dont le déshonneur de sa sœur est le prix,
Pendant que son mari regarde avec mépris,
Elle, la femme honnête, aussitôt devient pâle.

Soudain, se redressant, comme on fait au pays,
Sa main s'avance en l'air, en signe qui menace ;
Il semble qu'à jamais maudite elle la chasse ;
Qu'elle veut l'éloigner de ses enfants chéris.

La voyant devant elle, émue et courroucée,
La cocotte, passant, lui jette un froid regard ;
Son front ne pâlit pas sous la couche de fard ;
Son cocher se retourne ; elle, semble glacée.

Cette scène se passe au milieu des rumeurs,
Sur le grand boulevard, encombré par la foule ;
Pendant que tout un flot de curieux s'écoule ;
Pendant que le soleil joue à travers les fleurs.

MADAME COMERRE-PATON

CENDRILLON

—

Triste, étendant son pied mignon,
Cendrillon
Oublie, un instant, la vaisselle,
Pour songer à tous les bonheurs
De ses sœurs,
Qui doivent bien rire, loin d'elle.

Elle aussi voudrait être au bal!
Quel régal
D'être belle et bien habillée!

Au lieu de voir mille regards,
        Pleins d'égards,
Elle est seule et trop oubliée.

Il lui dit bien, matin et soir,
        Son miroir :
« Ton teint est frais et ton œil brille. »
Mais nul ne pense à Cendrillon,
        La souillon,
La servante de sa famille.

DUPAIN

LE CHEMIN DIFFICILE

Ils se sont égarés, en route ;
Ils sont jeunes, on le comprend ;
Lorsque l'un parle, l'autre écoute.
La jeune fille au front charmant,
Et le jeune homme très galant,
Ont ensemble autre chose à faire

Qu'à voir où l'on marche, en rêvant ;
Ils cherchent surtout à se plaire.

Peut-être qu'ils sont fiancés !
N'étant pas passés par l'église,
La belle dit, les yeux baissés :
La caresse n'est pas permise.
Elle est dans sa toilette exquise,
Si belle qu'elle doit tenter ;
Et sa bouche est une cerise
Que son amant voudrait croquer.

Il se tient pourtant à distance ;
Heureux et la couvant des yeux,
Pour lui nulle femme de France,
N'a regard plus délicieux
Et mouvements plus gracieux !
La voyant, il tremble, il frissonne ;
C'est l'étoile qui brille aux cieux ;
Sur la terre, c'est sa madone.

Tout à coup, en longeant les bois,
Une rivière les arrête ;
Les chemins sont glissants, étroits ;
L'amour en cet endroit les guette,
Pour animer leur tête à tête,
Pour exciter ces amoureux
Dont la bouche reste muette,
Quoique toute pleine d'aveux !

Il faut passer : prenant la taille
De sa compagne, en frissonnant,
Il sent son beau corps qui tressaille.
Ils sont tout heureux, en passant
Au-dessus du chemin glissant.
Ils s'attardent sur une roche
Bien périlleuse, en bénissant
Le cher hasard qui les rapproche.

DAUPHIN

LE REMORQUEUR

—

Léger remorqueur, ton secours
Aux gros vaisseaux est bien utile ;
On les voit réclamer toujours,
Léger remorqueur, ton secours.

Ils attendent aux alentours ;
Pour arriver devant la ville,
Léger remorqueur, ton secours
Aux gros vaisseaux est bien utile.

ADRIEN DIDIER

LA JUSTICE
BURIN D'APRÈS RAPHAEL
—

La figure grave et sereine,
Une balance dans ses mains,
Cette Justice souveraine
Pèse les œuvres des humains.

En vain, veut-on à son oreille
Murmurer des propos menteurs.
Sa pitié jamais ne s'éveille
Pour écouter les corrupteurs.

MAXIME LALANNE

BLANKENBERQUE
—

Blankenberque se dresse en rivale d'Ostende.
Ici, la mer séduit; les flots après les flots
Frappent notre regard, et la vue est si grande
Qu'on peut, un jour entier, suivre les matelots.

Le vent qui vient du large est sain pour la poitrine;
Sur ces bords, le touriste aime à se retrouver,
Et son esprit, bercé par la brise marine,
Près de l'immensité ne cesse de rêver.

DOYEN

AUX BORDS DU RUISSEAU

—

Sous les arbres, comme une fleur,
   Chère au cœur,
On aperçoit une fillette;

Elle vient pour puiser de l'eau
  Au ruisseau.
Qu'elle est belle la mignonnette !

Le soleil est dans ses cheveux.
  L'air heureux,
Elle tient une cruche verte ;
L'eau lui servira de miroir
  Pour se voir,
Et baignera sa bouche ouverte.

Elle est à l'âge triomphant
  De l'enfant,
Où tout paraît beau dans la vie ;
Possédant jeunesse, gaîté
  Et santé.
Son doux sourire est sans envie.

PUVIS DE CHAVANNES

LE RÊVE

—

Un garçon, couché sous un arbre, rêve ;
On sent qu'il poursuit un rêve enchanteur ;
L'heure d'un doux songe est toujours trop brève.

Il voit devant lui passer, ô bonheur !
Dans un beau ciel bleu, trois femmes charmantes,
Toutes trois voulant agir sur son cœur.

L'une lui promet les rumeurs bruyantes ;
L'autre, sur ses pas, vient jeter de l'or ;
L'autre est la compagne aux grâces touchantes.

Il voit, tout ravi, dans un frais décor,
Richesse, Bonheur, haute Renommée ;
Il se sent heureux ; mais, hélas ! il dort.

Qu'ai-je donc rêvé ? J'ai l'âme charmée,
Dira-t-il ; j'ai vu trois beaux papillons
Qui semblaient venir dans une envolée.

Ces rêves chéris, donnant des frissons,
Nous les avons faits, peintre idéaliste,
Et, tout éveillés, nous les recherchons.

Il est bon, parfois, quand le cœur est triste,
De se voir trompé; qu'il se trouve las
De penser qu'ailleurs le Bonheur existe ;

Bien loin des humains d'égarer ses pas;
De pouvoir encor, ô sainte chimère,
Épris d'idéal, te tendre les bras !

Tout a, dans ce monde, un règne éphémère.
Le rêve, voilà le bien le plus doux;
Il est consolant, ainsi qu'une mère.

De l'amante, il a tous les baisers fous;
Il a des vieux vins l'excitante ivresse,
Ouvrant des trésors sans fin devant nous.

Nous montrant le beau plus que la richesse,
Il nous fait priser, où nous les trouvons,
Pieds de Cendrillon et mains de duchesse.

Il sait nous porter, au delà des monts,
En nouveau Jason, faisant la conquête
De la toison d'or, malgré les dragons.

Mais de quels trésors sommes-nous en quête?
La perle qui luit tout au fond des eaux,
Cachée au regard, avide, qui guette,

Donne au ravisseur, certes, moins de maux,
Que la découverte, en un corps sans tache,
D'une âme éclipsant les plus purs joyaux !

Elle est près de nous, peut-être, et se cache.
Si l'on s'est trompé, l'on doit bien souffrir;
Il faut la chercher longtemps sans relâche.

Heureux qui toujours veut la conquérir.

TABLE

DESSINS

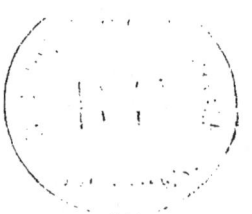

Paris. — Imp. Nouvelle (Ass. ouvrière), rue Cadet, 11. — G. Masquin, dir.

www.ingramcontent.com/pod-product-compliance
Lightning Source LLC
Chambersburg PA
CBHW051134260626
47170CB00005B/1811